Personne ne bouge

Olivier Adam

Personne ne bouge

l'école des loisirs
11, rue de Sèvres, Paris 6e

© 2018, l'école des loisirs, Paris, pour l'édition Neuf poche
© 2011, l'école des loisirs, Paris, pour la première édition
Loi n° 49.956 du 16 juillet 1949 sur les publications
destinées à la jeunesse : septembre 2011
Dépôt légal : août 2018
Imprimé en France par Gibert Clarey Imprimeurs
à Chambray-lès-Tours (37)

ISBN 978-2-211-23789-5

Pour Juliette

La première fois

La première fois que ça m'est arrivé, j'ai vraiment eu la frousse.

J'étais dans la cuisine en train de faire mes devoirs parce que je n'aime pas travailler dans ma chambre. Je préfère entendre les bruits de la maison : les émissions à la radio, la musique sur la chaîne hi-fi, maman qui téléphone, même si elle dit que ça me déconcentre et que, vu mes résultats, je ferais mieux de travailler au calme.

Dehors la nuit tombait. Papa n'allait pas tarder à rentrer du travail, enfin c'est ce que j'espérais parce que souvent, l'hiver, il rentre tard. Pas parce qu'il a trop de travail, mais parce qu'il n'en a pas assez. Je m'explique : il est chauffeur de taxi. C'est un métier bizarre. Plus les clients sont rares, plus vous devez travailler longtemps. Enfin, si vous voulez gagner un minimum d'argent.

Bref, c'était le soir, je faisais mes exercices

de maths. Maman me tournait le dos, occupée à éplucher des carottes pour le dîner. Elle n'avait pas de copies à corriger pour une fois (elle est prof d'histoire-géo au collège, pas celui où je vais mais un autre, à l'autre bout de la ville) et s'était mise en tête de cuisiner. Ce qui en soi constituait déjà un phénomène paranormal.

Et c'est là que ça s'est produit.

D'abord je ne m'en suis pas rendu compte, concentré sur mes équations. Mais au bout d'un moment quelque chose m'a paru bizarre : le silence.

Un silence absolu.

Plus de bruit de réfrigérateur et d'appareils électriques dans la maison, plus de voitures, plus de chiens aboyant dans les jardins d'à côté. Plus rien. J'ai eu l'impression d'être sourd.

– Maman, j'ai dit.

Mais maman n'a pas réagi. Je me suis approché d'elle. Elle était immobile. Pareille à une statue. Dans ses mains elle tenait l'économe et la carotte, un bout de peau orange pendait au-dessus de l'évier.

— Maman, j'ai répété dans le silence total.

Aucune réaction. Pas le moindre battement de cils. J'ai senti ma gorge se nouer. Je suis sorti de la pièce.

Dans le salon le chat lui non plus ne bougeait pas d'un poil. Il s'était figé en train de se lécher une patte, sa petite langue rose sortait de sa gueule. Je l'ai caressé pour voir, il était comme mort mais pas mort, son poil était chaud même s'il ne respirait pas.

J'ai jeté un œil aux fenêtres. Dans la rue, deux voitures se croisaient, mais aucune des deux n'avançait. C'est là que j'ai commencé à paniquer. J'ai essayé d'allumer la télé, mais rien ne s'est produit. Je suis retourné à la cuisine, et maman était toujours aussi immobile. J'ai eu beau lui pincer le bras, la chatouiller, la secouer, rien n'y a fait. J'ai regardé l'heure sur le four. J'ai attendu en vain qu'elle passe de 18 h 04 à 18 h 05. Mais elle n'a rien voulu entendre. Je n'y comprenais rien. Je ne savais pas quoi faire. Et surtout, j'avais horriblement peur.

J'ai voulu téléphoner à papa mais ça n'a pas

fonctionné. Alors je suis sorti dans la rue. Les deux voitures n'avaient pas bougé d'un millimètre. Au volant de la première, le conducteur avait un doigt fourré dans le nez. Dans le second véhicule, une femme ouvrait grand la bouche. Je me suis demandé si elle était en train de rire ou de bâiller quand c'était arrivé. Après, je me suis demandé si j'étais le seul à bouger encore ou si, dans d'autres maisons, d'autres gens étaient frappés par le même phénomène.

Le portail des voisins était ouvert. Je suis entré dans leur jardin. J'ai trouvé monsieur Tellier penché sur ses rosiers. Pourtant le soir tombait et on n'y voyait plus grand-chose mais c'était ainsi : quand il n'était pas au travail, monsieur Tellier était toujours fourré dans son jardin. À croire qu'il ne rentrait jamais chez lui. Le plus impressionnant, c'était la branche coupée suspendue dans le vide. J'ai regardé ça un bon moment tellement c'était incompréhensible, tellement ça ressemblait à un de ces tours de magie qu'on voit à la télé.

J'ai poussé la porte de la maison. Dans le

salon, Léa pinçait les cordes de sa guitare mais aucun son n'en sortait. Je n'ai pas pu m'empêcher de la contempler un long moment. Ses longs cheveux noirs. Ses grands yeux verts. Sa bouche. Ses quatorze ans. Elle était belle comme rien d'autre.

Je ne peux pas mentir, j'étais amoureux d'elle depuis des années. Depuis qu'être « amoureux » signifiait quelque chose pour moi, en fait. Même si j'aurais préféré mourir que de l'avouer à qui que ce soit.

Dans ma poitrine, mon cœur s'est mis à battre à toute vitesse. C'était la première fois que je me retrouvais aussi près d'elle. Je pouvais même sentir son parfum. Ça sentait bon la vanille. J'aurais pu la toucher, peut-être même poser mes lèvres sur sa joue mais je n'ai pas osé. Même immobile, elle m'intimidait. Elle était en troisième dans le collège où enseignait maman, voulait devenir musicienne professionnelle et nous appelait « les nains », son frère et moi. Jamais je ne l'avais entendue prononcer mon prénom. Ni m'adresser la parole autrement que pour me dire de dégager le plancher. Pourtant je la connaissais depuis toujours. Quand on était petits, il avait bien dû nous arriver de jouer ensemble, tous les trois avec son frère, dans son jardin ou dans la rue. Mais je n'arrivais pas à m'en souvenir vraiment. J'avais des images qui me venaient, mais je ne parvenais pas à savoir si c'étaient de vrais souvenirs ou si je les inventais un peu comme des rêves.

Tout à coup, j'ai eu peur que les choses reprennent leur cours et qu'elle me surprenne comme ça, assis tout près d'elle à la regarder avec mes yeux de cabillaud. J'ai quitté la pièce et je suis monté dans la chambre de Yohann. Sur l'écran de sa XBox, plus aucun footballeur ne shootait dans aucun ballon, et Yohann enfonçait sans fin les touches de sa manette, la bouche ouverte. On avait le même âge et il était dans le même collège que moi, en sixième lui aussi mais pas dans la même classe. On se connaissait depuis toujours, et c'était mon seul ami.

Enfin, pour être franc, c'est moi qui le considérais comme mon ami. L'inverse n'était pas tout à fait vrai. Au collège, il m'évitait. Je n'ai jamais vraiment compris pourquoi. Mais tant qu'il continuait à me parler une fois sorti, à m'inviter chez lui ou à venir chez moi, ça me convenait. Je n'allais pas chercher plus loin.

Je suis ressorti. J'ai quitté la maison et j'ai marché jusqu'au bout de la rue. Elle finissait par un grand escalier qui descendait sur la plage. La nuit était presque tombée. En chemin, j'ai croisé quatre voitures à l'arrêt et deux voisins statufiés, par les fenêtres des maisons on voyait partout le même spectacle étrange. Des gens arrêtés en plein mouvement. La seule chose qui ne changeait pas, c'est que, pour la plupart, ils étaient assis sans bouger devant leur télévision. Certains consacraient leur vie entière à ça. Quelle que soit l'heure à laquelle je passais devant chez eux je les trouvais dans cette position. À croire que l'écran les hypnotisait.

La mer, on aurait dit une photo. Les vagues qui ne retombaient jamais, les goélands stoppés en plein vol, leurs grandes ailes déployées. Mais le plus étrange, là encore, c'était le silence.

Plus de ressac.

Plus de cris d'oiseaux.

Le long de l'eau, trois joggeurs grimaçaient en plein effort. L'un d'eux ne touchait même pas le sol. Je me suis approché d'une mouette. Je l'ai touchée. Son corps était très dur. De la pierre. Pourtant sous mes doigts je pouvais sentir la douceur des plumes.

Le plus bizarre, dans tout ça, c'est que je n'avais même plus peur. Enfin pas autant que j'aurais dû quand j'y repense. Après tout, c'est vrai, c'était terriblement angoissant. Qui me disait que les choses allaient finir par redevenir normales? Qui me disait que je n'allais pas finir ma vie tout seul dans un monde congelé?

Le monde s'est remis à tourner tandis que je passais devant le petit magasin de jouets. Enfin. Il s'agit surtout de jeux pour la plage: seaux, pelles et râteaux, boules de pétanque en plastique, raquettes, Frisbee et cerfs-volants. Mais quand même, un instant, ça m'a traversé l'esprit. Il y avait cette planche. J'avais lorgné dessus tout l'été. Un rêve pour le bodyboard. Avec un dessin terrible, genre dragon chinois. Rien qu'à la regarder, je pouvais sentir le bonheur que ça devait être de prendre une vague là-dessus, de filer à toute allure jusqu'au sable. Il suffisait d'entrer, de la prendre et de la rapporter à la maison. Le seul problème, c'étaient les parents. Comment leur expliquer d'où elle venait, comment je me l'étais procurée, avec quel argent?

Pour tout dire, je ne sais pas comment j'ai pu penser à un truc pareil; je veux dire: vu ce qui était en train de m'arriver. Moi tout seul dans un monde immobile. Ma montre toujours coincée sur 18 h 04. D'une certaine manière ça m'a rassuré. Pas sur moi mais pour l'avenir. Si ça durait longtemps, il y aurait toujours moyen de survivre: côté nourriture, il suffisait d'entrer dans n'importe quel magasin et de se servir (à moins que les produits ne perdent de leur fraîcheur quand même, que les fruits pourrissent, que les viandes deviennent avariées, comment savoir?). Pareil pour les vête-ments. Et même les livres, les films et les disques. Au bout d'un moment ça deviendrait néces-saire. Je finirais vite par m'ennuyer, je suppose.

Je pensais à tout ça, je me demandais si le lecteur DVD, les ordinateurs, tous les appareils électriques pouvaient fonctionner vu que tout le reste s'arrêtait. Je me posais toutes ces questions quand le monde s'est remis en mouvement : dans les rues les gens marchaient, les voitures roulaient, dans le ciel les oiseaux volaient et dans mon dos la mer s'agitait.

Tout ça m'a semblé extraordinaire.

J'ai eu envie de pleurer.

Je me suis dépêché de rentrer à la maison. Je suis arrivé en même temps que papa. Il sortait de son taxi l'air joyeux.

– Tu sais quoi ? Je n'avais pas eu un client valable de la journée et tout à l'heure, paf, sur qui je tombe ? Deux Japonais qui me demandent de les emmener jusqu'au Mont-Saint-Michel, de les attendre là-bas pendant qu'ils visitent et de les ramener ensuite à leur hôtel dans la vieille ville.

– Ouah, j'ai fait. T'as eu du bol.

– Ça oui. Sinon, j'étais encore bon pour travailler jusqu'au dernier train… Au fait, qu'est-ce que tu fais dans la rue ?

– J'étais chez les voisins. Je suis allé rendre un jeu à Yohann.

Ma réponse a paru lui convenir, il m'a embrassé le front comme il fait toujours. Puis nous sommes entrés dans la maison. Dans la cuisine, maman buvait un verre de vin en regardant tourner la soupape de la Cocotte-Minute.

– Oh, oh, a fait papa. Qu'est-ce qu'on fête ?

– Rien, a répondu maman. Je ne sais pas ce qui m'a pris. J'avais un peu de temps. Je me suis dit : « Tiens, et si je faisais la cuisine pour une fois. »

Il faut dire que, en temps normal, c'est toujours papa qui prépare les repas. Il dit qu'il adore ça. Les soirs où il n'est pas là, maman s'y colle. En général elle attrape le téléphone et commande des pizzas. Ou des sushis. Ça dépend des fois.

Je me suis assis devant mes devoirs. Le classeur était toujours ouvert à la même page, avec ses huit équations à résoudre. Maman m'a fusillé du regard. Puis elle s'est tournée vers papa.

– Ça fait plus d'une heure qu'il est là-dessus.

J'ai regardé l'horloge sur le four. Il était 19 h 22. Si je ne me dépêchais pas, j'allais rater les Simpsons.

– Et je peux savoir où t'étais passé?

J'ai resservi mon petit mensonge du jeu à rendre à Yohann. Maman a secoué la tête et de nouveau elle s'est adressée à papa.

– Il a disparu d'un coup, comme ça, sans prévenir. J'épluchais les carottes et quand je me suis retournée, pfuit, plus personne. Je ne sais pas ce qu'on va en faire…

Papa a souri puis m'a décoiffé. Visiblement, il n'avait pas plus envie que moi d'entendre maman se lamenter une fois de plus et répéter que c'était quand même un comble pour une prof d'avoir un enfant qui n'aime ni le collège ni les devoirs. C'est vrai que je n'aimais pas beaucoup les devoirs. Pas trop le collège non plus. Quant à savoir comment tout cela allait finir, le chômage, la prison ou que sais-je, ça me paraissait un peu trop loin pour m'en faire une idée.

Je me suis replongé dans mes équations, j'avais un mal de chien à me concentrer. Pas parce que papa et maman discutaient à côté de moi en se resservant un verre de vin. Mais à cause de ce que je venais de vivre. J'aurais tellement voulu pouvoir leur en parler. Leur raconter. Mais je savais que ça ne servait à rien. Je leur avais trop souvent menti. Et puis qui pouvait croire un truc pareil?

Les jours suivants ont été vraiment bizarres. J'étais tout le temps inquiet. Je me demandais si ce qui m'était arrivé m'était réellement arrivé. Je m'attendais à ce que tout s'arrête d'une seconde à l'autre. J'avais envie d'en parler à tout le monde mais c'était impossible. J'ai passé des heures sur l'ordinateur à chercher des éléments sur ce sujet. J'ai passé en revue tout Internet. Je suis allé à la bibliothèque et j'ai lu des tas de trucs sur le temps. Dans l'ensemble je ne comprenais presque rien. Et le peu que j'en tirais ne m'était d'aucune utilité. Nulle part au monde le temps ne s'arrêtait. Personne ne semblait avoir connu ça. Personne ne semblait même y penser.

La deuxième fois

La deuxième fois, les choses ont pris un tour un peu plus compliqué.

J'étais en classe. Cours de français. Une belle dictée pleine de pièges comme les aime madame Coronova. En entrant en sixième, j'avais cru à la fin du cauchemar. J'avais cru qu'on allait passer à autre chose. Mais non, c'était toujours la même chose : conjugaison, grammaire, orthographe, on n'en sortirait jamais. Maman disait que dans mon cas ce n'était pas plus mal : il fallait que je progresse dans tous ces domaines parce que après c'était foutu, irrattrapable, et une fois adulte c'était un sacré handicap de pas savoir écrire trois phrases sans faire de faute, il n'y avait qu'à voir papa. Elle avait peut-être raison, mais en attendant c'était l'horreur. Madame Coronova articulait lentement des mots compliqués dont j'ignorais la signification. Alors la manière de les écrire…

Et puis soudain sa bouche est restée grande ouverte. Elle n'a pas fini le mot qu'elle avait commencé à prononcer. Ça commençait par «mou». Mouton. Moutarde. Moulin. Moustique. Allez savoir.

J'en ai profité pour regarder la feuille de Chloé. C'est la première de la classe et je crois que la plus mauvaise note qu'elle ait jamais eue en français est un dix-neuf sur vingt. Une fois, elle a eu un douze en maths et elle a pleuré. Moi, quand j'ai douze, c'est jour de fête, à la maison mes parents débouchent le champagne. À part en expression écrite. Là, si le sujet m'intéresse, tout peut arriver. Même une bonne note. Malgré les fautes d'orthographe. J'ai pas mal d'imagination, il paraît. C'est ce que dit mon père quand il lit mes histoires. Il ajoute que je finirai peut-être écrivain, en regardant ma mère qui hausse les épaules.

– Ne va pas lui mettre des idées en tête.

Moi je ne dis rien mais elle n'a pas à s'inquiéter, maman. Papa n'y connaît rien en matière d'écrivains. Je ne l'ai jamais vu lire autre chose que des recettes de cuisine. Un manuel de montage de meuble Ikea, à la rigueur. Et *Tennis Magazine* quand Roger Federer remporte un grand tournoi. Ce qui veut dire : chaque mois, vu qu'il gagne toujours tout et que c'est le plus grand joueur de tous les temps, comme le répète papa à qui veut l'entendre. (Ne prononcez jamais le nom de Nadal devant lui, ne lui dites surtout pas que désormais c'est lui le numéro un, ça le mettrait dans une colère noire.)

J'ai corrigé les fautes que j'avais faites. Cinq en quatre phrases. La routine. J'ai reposé la feuille devant Chloé. Et j'ai attendu. Mais rien ne s'est passé. Alors je me suis levé et j'ai marché jusqu'à madame Coronova. Je lui ai ôté le livre qu'elle tenait dans ses mains et je l'ai apporté à ma place. Là, j'ai pris un peu d'avance. J'ai recopié l'ensemble de la dictée. J'ai rajouté deux trois petites fautes pour ne pas éveiller les soupçons. Et j'ai rendu son livre à madame Coronova. Je me suis rassis et j'ai attendu à nouveau.

Combien de temps, je n'avais aucun moyen de le savoir. Mais suffisamment pour prendre peur. Et si cette fois le monde ne se remettait pas à tourner?

J'ai regardé autour de moi. Mes trente et un camarades. Léo-Paul, les yeux au plafond, qui semblait avoir perdu le fil. Xavier, qui tirait la langue en écrivant. Marilou, qui ramenait une mèche de cheveux derrière son oreille, fronçait les sourcils et se mordait les lèvres en réfléchissant à l'orthographe du mot «synopsis». Cédric, qui se cachait sous sa table et croquait dans un Kinder Bueno. Maylis, un grand sourire aux lèvres, qui cachait son téléphone portable avec son bras et ses cheveux comme un rideau et devait être en train de lire un SMS. La routine, encore. Rien de bien passionnant.

J'ai regardé ma montre, par réflexe. Elle était arrêtée, bien sûr. Le temps ne s'écoulait plus mais il ne m'avait jamais semblé aussi long. Même ici, au collège. Pourtant c'est bien là qu'il s'étirait comme nulle part ailleurs, je m'y ennuyais à périr, quand j'arrivais le matin à 8 heures, la fin des cours me paraissait un objectif inaccessible, un Himalaya à gravir sur une seule jambe et lesté de trois sacs de pierres de vingt kilos chacun. Pire que n'importe quelle épreuve de «Koh-Lanta».

J'ai réfléchi un moment. Depuis combien de temps le monde s'était-il arrêté? Vingt minutes, peut-être trente. La première fois, le phénomène avait duré environ une heure. Ça ne voulait rien dire. Rien n'indiquait qu'il était en train de se reproduire à l'identique mais ça ne servait à rien non plus de rester là à attendre sans rien faire. C'était un moment extraordinaire, insensé, et j'étais là, assis sur ma chaise, à faire comme si de rien n'était… J'ai fini par me lever et par quitter la classe. J'ai préféré ne pas penser à ce qui se passerait si les choses reprenaient leur cours avant mon retour. Ma chaise vide. Ma copie simple bien en vue avec la dictée terminée.

J'ai dévalé les escaliers. Dans la cour, les quatrièmes étaient en pleine partie de hand ball. Le type qui avait le ballon flottait dans les airs, en position de tir. Face à lui le gardien ne touchait pas le sol lui non plus. Bras et jambes écartés il figurait une étoile. On aurait dit une de ces photos spectaculaires qu'on voit en Une des journaux sportifs. Un peu plus loin, monsieur Clamart, le CPE, qui ressemble à une grenouille et sent le poisson avarié, fixait les cieux, le nez en l'air. J'ai levé les yeux à mon tour. Des milliers de flocons de neige étaient sur le point de s'abattre sur nous. Les premiers étaient à quelques centimètres à peine de sa tête. Regarder ça, c'était un spectacle à couper de souffle, le ciel blanc et la neige immobile qui s'apprêtait à tout recouvrir. Ça devait être encore plus beau sur la mer.

J'ai escaladé la grille et je suis sorti, j'ai pris la rue bordée de jolies maisons qui menait à la grande plage. Pour la plupart, elles étaient vides. Des villas qu'on ouvrait aux beaux jours, pour passer les vacances. Pendant l'été, c'était rempli de Parisiens toujours chics, au retour de la plage on les voyait s'étendre sur leurs chaises longues et siroter leurs apéritifs sous le soleil, le soir ils dînaient dans un restaurant de la vieille ville, certains passaient leurs journées sur leur voilier.

Papa les regardait d'un œil un peu noir, ce qui me semblait étrange pour un chauffeur de taxi, puisque pour l'essentiel c'était grâce à eux qu'il gagnait sa vie. Moi je les aimais bien. Dès qu'ils débarquaient, à Pâques, les week-ends de mai, en juillet, tout semblait plus gai. La ville était transfigurée, les terrasses étaient pleines, les rues bondées, les plages piquées de parasols et de serviettes de bain. Papa avait beaucoup de clients. Du coup, il rentrait plus tôt à la maison et ne travaillait pas les week-ends. Il m'arrivait même de me faire des copains. C'était tellement plus facile sur le sable qu'à l'école. On partait de zéro. Je les impressionnais en prenant les plus grosses vagues sur ma planche. Je n'avais pas beaucoup de mérite, je m'entraînais toute l'année, mais ça marchait. Pareil pour la pêche au maquereau, vu que je connaissais les meilleurs coins. Sans compter la capture des crabes à marée basse, des bêtes énormes avec des pinces terribles que j'attrapais à mains nues tandis qu'ils osaient à peine s'en approcher.

– Antoine! Où tu crois aller comme ça!

Je me suis retourné, stupéfait.

C'était Clamart, le CPE. Il me courait après.

Sur le coup je me suis dit que c'était bien ma veine, le monde s'était arrêté, les gens n'étaient plus que des statues, il n'y en avait qu'un qui bougeait encore à part moi et il fallait que ce soit monsieur Clamart, avec sa face de grenouille et son odeur de bulot.

Et puis j'ai regardé autour de moi et j'ai tout vu : le sol déjà couvert de neige, les flocons qui tombaient, et au bout de la rue déserte le croisement où des voitures passaient au ralenti.

Le monde avait repris sans même que je m'en aperçoive.

La suite, ça s'est passé comme vous pouvez l'imaginer, mais en pire :

Le sermon de monsieur Clamart, son coup de fil aux parents pour les convoquer le soir même.

Le retour dans la classe et la mine furieuse de madame Coronova, tenant ma copie dans ses mains, me collant un zéro et deux punitions :

l'une pour avoir triché, même si elle se demandait bien comment j'avais pu me procurer le texte de la dictée. L'autre pour être sorti de la classe sans autorisation.

Le regard gêné de mes camarades, leur façon de m'éviter pendant les intercours, sauf Cédric, cancre et fier de l'être, qui est venu me voir pour me dire que là, vraiment, je l'avais impressionné, que même lui n'aurait pas osé faire un truc pareil, qu'il avait toujours pensé que j'étais un petit fayot comme les autres mais qu'il s'était trompé sur mon compte.

L'arrivée de mes parents à 17 h 30.

La réunion dans le bureau de monsieur Tréboul, le principal, qui a un ventre énorme et une tête toute rouge qui sue tout le temps.

Le visage défait de maman.

La colère de papa qui avait dû refiler un client à un de ses collègues, une course pour l'aéroport, cinquante euros envolés par ma faute. Et qui allait devoir encore travailler tout le weekend s'il voulait faire une semaine correcte, hein, qui? Il me le demandait.

Leur silence dans la voiture tandis qu'on roulait vers la maison, les pneus dans la neige grise déjà fondue.

Le savon que je me suis pris dans la cuisine pendant que papa faisait cuire le poisson et que maman feuilletait son journal.

Et, pour finir, leur dispute au moment de désigner le responsable présumé de mon comportement : maman, comme toujours, a accusé papa de n'être jamais là, de ne pas « s'investir » dans mon éducation et de tout me passer quand il me voyait pour « compenser ». Papa s'est énervé, et il a ressorti son refrain habituel, comme quoi il n'y pouvait rien s'il devait travailler très tard et même le week-end parce que les temps étaient durs et que l'hiver il n'y avait quasiment personne dans cette ville pourrie. Bien sûr maman aussi travaillait mais on ne pouvait pas comparer avec tout le temps libre et les vacances qu'elle avait. Puis il a ajouté qu'il n'avait pas l'intention de devenir un de ces pères qui passent leur temps à crier sur leurs enfants ou à leur coller des fessées pour un oui ou pour un non, son propre père était comme ça et on pouvait voir le résultat, il était traumatisé à vie et détestait papi, déjà qu'il ne me voyait pas beaucoup si en plus il devait passer son temps à me gronder ou à me faire la morale on ne s'en sortait plus; et zut il avait oublié son poisson dans le four et maintenant il était trop cuit et c'était du bar et au prix que ça coûtait c'était vraiment une honte de gâcher des beaux filets comme ça. Si c'était ça, il préférait encore se tirer d'ici.

On a entendu claquer la porte. Puis la voiture a démarré. Et on s'est retrouvés tous les deux avec maman. Ça arrivait souvent. Il faut dire que papa est à la fois très doux et très colérique. Le genre contradictoire et imprévisible. Difficile à suivre. Un vrai ours.

Maman avait les larmes aux yeux. Elle a soupiré avant d'attraper le téléphone pour commander des sushis.

La troisième fois

Deux semaines se sont écoulées avant que le phénomène ne se reproduise.

Pendant quinze jours je me suis tenu sur mes gardes. Même la nuit. Je me réveillais en sursaut et tout était calme. Je fixais l'heure sur mon radio-réveil jusqu'à ce qu'elle change. Et pendant quinze jours elle a fini par changer.

Je ne saurais dire si j'étais heureux ou déçu. D'un côté c'était tellement bizarre que je n'avais aucune envie que ça recommence. De l'autre, c'était quand même un truc incroyable, qui m'arrivait à moi et à personne d'autre. Un genre de super-pouvoir dont je ne savais trop quoi faire mais qui devait bien mener quelque part.

À la maison, tout ce temps, l'ambiance a été un peu tendue.

Maman m'en voulait toujours d'avoir triché, d'être sorti de l'école et de l'avoir obligée à se rendre dans le bureau du proviseur, un comble pour une prof, disait-elle. Surtout quand on enseignait comme elle dans un collège de la ville.

Papa en voulait toujours à maman d'avoir critiqué la manière dont il s'occupait (ou ne s'occupait pas) de moi.

Et maman en voulait à papa d'avoir laissé entendre qu'il travaillait beaucoup plus qu'elle, alors qu'après l'école son travail n'était pas fini, qu'elle avait encore les cours à préparer et les devoirs à corriger, et qu'enseigner était très fatigant et très important pour la société, et que, vu le peu d'argent qu'elle gagnait pour le faire, encore heureux qu'elle ait du temps libre et deux mois de vacances l'été.

J'avais entendu tous ces trucs des milliers de fois. Je détestais les voir se disputer à cause de moi. Les voir se disputer tout court d'ailleurs.

À plusieurs reprises, j'ai été sur le point de tout leur expliquer pour que ça cesse. Mais ça ne servait à rien, je m'en rendais compte. Alors je me suis contenté d'attendre que ça passe. Je me disais que si je faisais bien sagement mes devoirs, si je ramenais une ou deux notes correctes les choses finiraient par se tasser.

Ça s'est reproduit un mercredi.

Papa était parti au travail dès 6 heures du matin, pour l'arrivée des premiers trains à la gare. Il ne rentrerait sûrement qu'après dîner. Ces derniers jours il n'y avait vraiment personne. Qu'est-ce qu'il pouvait bien faire toute la journée comme ça au volant de son taxi ? Je suppose qu'il écoutait la radio. Papa adore écouter les informations, et les émissions avec des hommes politiques qui se disputent parce qu'ils ne sont jamais d'accord sur rien. J'imagine qu'à certains moments le temps devait quand même lui paraître sacrément long, comme arrêté.

Maman, quant à elle, était au collège pour la journée. Le matin elle donnait des cours et l'après-midi elle avait tout un tas de réunions ennuyeuses, c'est ce qu'elle m'avait dit avant de partir en soupirant. Sur le coup, je me suis demandé comment elle voulait que les élèves ne s'ennuient pas à l'école si les profs y allaient avec si peu d'entrain, mais j'ai préféré ne rien dire.

J'étais encore en pyjama, sur le canapé avec mon bol de céréales. Je regardais *La Traversée du temps*, un dessin animé japonais que j'aime bien, l'histoire d'une lycéenne qui découvre qu'elle peut remonter dans le temps de quelques heures. Au début ça lui tombe dessus et elle panique, puis elle essaie de comprendre comment et pourquoi ça lui arrive. Elle finit par maîtriser son « pouvoir » et d'abord elle en fait n'importe quoi, mais, au bout d'un moment, elle réalise que son pouvoir n'est pas infini et qu'il ne faut pas le gâcher. Qu'elle est responsable de ce qu'elle en fait. Pouvais-je tirer une leçon de tout ça ? Je veux dire : une leçon vraiment utile dans mon cas à moi. Au moment même où je me posais la question, l'image s'est figée et tout est devenu parfaitement silencieux.

Je me suis levé et j'ai regardé par la fenêtre. Près de la boîte aux lettres, le facteur était figé sur son vélo. Par quel miracle il tenait en équilibre? C'était un mystère parmi tant d'autres. Comment les oiseaux flottaient dans le ciel sans bouger les ailes? Pourquoi, quand on regardait dans les voitures, les gens passaient-ils leur temps à se fourrer le doigt dans le nez? Pourquoi, quand ils n'étaient pas au travail, la plupart des gens restaient chez eux assis devant un écran? Pourquoi étais-je le seul à bouger, à respirer, et surtout, pourquoi moi? Qu'est-ce que c'était censé signifier? Qu'est-ce que j'étais censé faire de tout ça?

À défaut de trouver une réponse, j'ai enfilé un blouson, des chaussures et je suis sorti de la maison.

Au fond, on s'habituait vite aux phénomènes les plus étranges. J'avais beau regarder autour de moi, plus rien ne m'étonnait vraiment. Ni les gens arrêtés, ni les oiseaux ni les avions figés dans le ciel, ni les feuilles suspendues dans le vide, ni l'absence de vent, pourtant rare dans la région. Non, la seule chose qui m'effrayait, c'était ce silence total.

Comme un bruit à l'envers.

Insupportable.

Du coup je me suis mis à chantonner, à me parler à voix haute. Si quelqu'un m'avait vu, il m'aurait pris pour un dingue.

En passant devant chez les Tellier, je n'ai pas pu m'empêcher de regarder par les fenêtres si, par hasard, Léa était là. Et le hasard a bien fait les choses. Elle n'était pas au collège mais bien là, dans sa petite robe grise, un foulard mauve autour du cou, ses longs cheveux noirs lâchés pour une fois, assise dans le grand canapé du salon. Devant elle, sur la table basse, une tasse de thé ou d'autre chose fumait pour l'éternité. Je me suis demandé si le liquide à l'intérieur était chaud, ou s'il allait refroidir avec le temps. En tout cas c'est l'excuse que je me suis trouvée pour entrer. Une sorte de curiosité scientifique.

Par la porte de la cuisine, j'ai aperçu madame Tellier. Elle regardait dehors, les bras ballants, la tête couverte d'une petite serviette rose. À chaque fois que je venais voir Yohann elle était là, dans la cuisine, à écouter la radio. À croire qu'elle y passait sa vie. À croire qu'elle ne sortait jamais. Est-ce qu'avec son mari il leur arrivait seulement de se croiser?

J'ai fait le tour de la maison.

D'abord j'ai passé un peu de temps dans le salon. Je n'ai rien fait de spécial. J'étais trop occupé à regarder Léa, à détailler le moindre détail de son visage.

Je me suis assis près d'elle, comme la première fois. Sauf que là j'ai posé ma main sur la sienne. La toucher comme ça, c'était pire qu'une décharge électrique. J'ai cru que j'allais exploser et m'éparpiller aux quatre coins de la pièce. Pour me calmer j'ai regardé sa tasse de thé. Le petit filet de vapeur qui s'échappait. On aurait dit qu'il était solide. J'ai passé le doigt pour voir mais je n'ai rien senti. J'ai approché ma main du liquide et il était brûlant. Quand j'ai senti que mon cœur avait bien repris sa place dans ma poitrine, j'ai respiré un grand coup. Et puis j'ai approché mes lèvres de la bouche de Léa. Jusqu'à ce qu'elles se touchent.

C'était très doux. Mais un peu bizarre.

Parce que bien sûr il n'y avait que moi qui l'embrassais. L'inverse n'était pas vrai.

Ça n'a pas empêché mon cœur de se remettre à sauter dans tous les sens. Je le sentais jusque dans ma bouche, mes cheveux, mes doigts de pieds. Si mon cerveau ne réalisait pas bien ce qui venait de se passer, mon cœur, lui, avait tout compris : je me tenais près de Léa, j'avais touché sa main, j'avais embrassé ses lèvres.

Je n'ai pas su trop quoi faire de tout ça.

C'était à la fois formidable et embarrassant. Pour tout dire, je me sentais un peu coupable d'avoir profité de la situation. Quelque chose me disait que ce n'était pas bien de faire un truc comme ça.

Je me suis levé et je suis monté à l'étage. Yohann n'y était pas. J'ai inspecté un peu sa chambre. Je n'ai rien trouvé de spécial. Des jeux vidéo, des BD, son cartable, des magazines de foot. Des vêtements banals. Rien d'inattendu. Pas de secret bien caché. La chambre banale d'un garçon normal. Qui aime le foot et les jeux vidéo. Le genre de garçon auquel j'essayais de ressembler. Même si, au fond, le foot et les jeux vidéo, ça ne m'intéressait pas tant que ça. Même si moi ce qui m'intéressait vraiment c'était la mer et rien d'autre. Nager dedans. Glisser dessus. Apprendre à la connaître. Savoir nommer la moindre algue, le moindre mollusque, le moindre poisson, le moindre crustacé. La regarder. La regarder, je pouvais faire ça pendant des heures. Je ne m'en lassais jamais.

Après ça je suis entré dans la chambre de Léa.

Malgré le panneau d'interdiction punaisé sur le bois de la porte.

Malgré ses avertissements depuis toujours : si l'un d'entre vous ose mettre un doigt de pied dans cette pièce je lui arrache le cœur et je le lui fais manger, compris les nains ?

Je n'y avais jamais mis les pieds. Je connaissais cette maison depuis toujours et pourtant, je n'y avais jamais mis les pieds. Je ne l'avais même jamais entrevue. La porte était toujours fermée. Je l'ai ouverte. Les murs de la pièce étaient couverts de photos. De Léa, de ses amies, de sa famille, de chanteuses et de chanteurs avec des guitares, d'images de films.

J'ai tout regardé.

J'ai eu l'impression d'entrer dans sa vie tout à coup, de connaître tous ses secrets, de partager toutes ces choses avec elle. Je sais bien que c'était une illusion. Mais c'est tout de même ce que j'ai ressenti.

À part son bureau et son lit, toute sa chambre semblait vouée à la musique. Des instruments, des piles de disques, des magazines, des partitions. J'ai regardé ses disques un moment. Je ne connaissais rien à tout ça. Aucun des noms, aucun des visages inscrits sur les pochettes ne me disait quoi que ce soit. J'ai essayé d'en mémoriser quelques-uns. En rentrant, quand tout serait revenu dans l'ordre, j'allais les écouter sur Internet. Et ça allait beaucoup me plaire, j'en aurais mis ma main à couper. Puisque ça lui plaisait à elle. Et un de ces jours je lui parlerais d'un de ces groupes, comme ça, dans la conversation (même s'il n'était jamais arrivé qu'entre nous s'engage la moindre conversation, bien sûr). Et elle serait épatée que je connaisse ça. Je lui répondrais : bien sûr que je connais, j'adore, j'écoute ça tout le temps, et alors elle cesserait de me prendre pour un morveux et elle commencerait à me trouver sympa, et un jour on écouterait de la musique ensemble dans sa chambre et on s'embrasserait pour de vrai cette fois...

Je rêvais à tout ça quand j'ai entendu du bruit.

– Qu'est-ce que tu fous là, le nain ? Sors d'ici tout de suite. Je vais te massacrer...

C'était Léa.

Et je peux vous dire qu'à voir la manière qu'elle avait de me regarder il y avait peu de chance pour qu'on s'embrasse un jour.

Je suis sorti à toute vitesse et j'ai dévalé les escaliers. Je n'ai pas répondu à madame Tellier quand elle a voulu savoir ce qui se passait et ce que je faisais là en pyjama et en blouson d'abord. Je me suis précipité dehors et il a fallu que je tombe nez à nez avec Yohann.

– Salut, il m'a fait. Qu'est-ce que tu fais là ? Eh mec, t'es en pyjama dans la rue ou quoi ?

Je n'ai pas eu le temps de répondre. Léa venait de sortir à son tour et elle n'avait pas l'air calmée. J'ai entraîné Yohann avec moi.

— Viens, faut que je te parle.

— Qu'est-ce qui se passe? Et pourquoi Léa te traite de tous les noms comme ça?

— Bof, ça change pas de d'habitude.

— C'est vrai, mais là, elle a l'air vraiment en colère…

Arrivé à la maison, j'ai expliqué à Yohann qu'elle m'avait surpris dans sa chambre. Il a paru éberlué. Qu'est-ce qui m'avait pris? Même lui n'avait jamais pris un tel risque. Même quand il était bien décidé à la pousser à bout. Et puis pourquoi j'étais rentré comme ça chez eux en douce? En pyjama qui plus est.

Je ne savais vraiment pas comment m'en sortir proprement.

Toutes les apparences étaient contre moi.

Et la réalité n'était pas tellement mieux.

Alors ce qui devait arriver est arrivé. J'ai pris une grande inspiration et je lui ai tout déballé. Moitié parce que j'étais coincé, moitié parce que je n'en pouvais plus de garder tout ça pour moi et qu'à part lui je ne voyais personne à qui en parler.

Il a ouvert de grands yeux ronds. Et la bouche pareil. On aurait dit le poisson-boule dans *Nemo*. Il n'en revenait vraiment pas. Sur le coup j'ai cru qu'il parlait de cette histoire de temps arrêté. Mais non. Ce qui l'étonnait le plus, apparemment, c'était que je sois venu deux fois chez eux pendant que ça arrivait.

– Alors toi, d'un coup le monde s'arrête et t'es le seul à pouvoir bouger et tout ce que tu trouves à faire, c'est de venir chez nous et d'aller voir la chambre de ma frangine.

Je n'ai pas su quoi répondre. Il avait visé juste. Moi-même, je ne m'expliquais pas comment j'avais pu agir ainsi. Je me suis contenté de hausser les épaules.

– Me dis quand même pas que t'es amoureux de ma sœur? Elle est complètement cinglée, et elle ne t'a jamais appelé autrement que «sale nain»…

J'ai fait une moue qui ne voulait rien dire.

Ni oui ni non ni peut-être. Il s'est marré comme une baleine. Un rire énorme dont je n'ai d'abord pas su ce qu'il signifiait.

Est-ce qu'il se moquait de moi à cause de Léa ? Ou parce qu'il ne croyait pas un traître mot de mon histoire de temps suspendu ?

Ou les deux à la fois ?

Il a quitté la maison plié en deux, les larmes aux yeux, tellement il se marrait.

Je suis resté tout seul avec mes questions.

Je n'ai pas eu à attendre les réponses bien longtemps.

Dès que j'ai mis le pied dans la cour le jeudi matin, j'ai compris. En me voyant, tous les élèves se sont immobilisés. Même ceux que je ne connaissais pas. Les cinquièmes, les quatrièmes, les troisièmes. Tous ont fait la statue. La plupart essayaient de tenir des poses complètement débiles, un pied en l'air, tordus en deux ou en faisant des grimaces. Ils pouffaient. Certains riaient franchement. J'ai fait comme si de rien n'était et je me suis dirigé vers la classe.

Ça a duré dix jours comme ça. Bien sûr ils ont fini par se lasser. Mais même après ça, plus personne ne m'a adressé la parole. Bon, ça ne changeait pas grand-chose. Ce n'était déjà pas la gloire avant. À part Yohann, même s'il n'était pas dans ma classe, parce que c'était mon voisin et qu'on se connaissait depuis la naissance. Je n'avais pas vraiment d'amis, du reste je ne savais pas trop pourquoi, mais là c'était pire que tout. Tout le monde m'ignorait. Yohann compris. J'étais vraiment devenu invisible.

Enfin, c'est ce que j'ai cru jusqu'à la fois suivante. La plus belle.

La plus belle fois

La plus belle fois, ce fut un samedi.

Il faisait très doux. Ça sentait le printemps. C'était un jour de grande marée. J'avais enfilé mes vieilles chaussures et j'étais descendu sur la plage. La mer s'était retirée à plusieurs centaines de mètres, laissant à découvert du sable mouillé et des tas de petits rochers grouillant de bestioles qu'on ne pouvait voir qu'une ou deux fois par an.

Le paradis.

Je comptais passer deux heures au moins à trifouiller les algues, à soulever les pierres, à creuser la vase, à traquer les crabes, les crevettes, les coques, les tellines, les homards et tout le reste. À écouter les craquements minuscules, les cris des oiseaux, le bruit très doux de la mer calme. J'ai repéré un coin tranquille et je me suis enfoncé dans l'eau jusqu'aux chevilles. Elle était gelée mais j'aimais bien comme ça finissait par brûler. J'ai commencé à fouiller le sable et les petits amas rocheux. J'étais bien, seul tout au bord de la mer, au milieu de nulle part, loin des gens qui se promenaient le long de la plage, à deux pas des poissons et des premiers bateaux.

Mais ça n'a pas duré.

J'essayais de déloger un énorme tourteau de son abri, histoire de rapporter de quoi faire un bon dîner à mes parents. Au moment de quitter la maison, j'avais demandé à papa : «Alors qu'est-ce que je vous ramène ?» Papa avait répondu : «Deux gros tourteaux, comme d'hab', mon petit pote.» J'étais à deux doigts de choper le premier quand j'ai vu une ombre s'étendre autour de moi. Je me suis retourné.

C'était Léa.

Je ne l'avais pas revue depuis l'incident. Quand je passais devant chez elle désormais, c'était tête basse et en courant.

Je n'en revenais pas qu'elle soit là. Emmitou-flée dans son manteau gris, son foulard mauve autour du cou, ses longs cheveux noirs brillant sous le soleil. Vraiment je n'en croyais pas mes yeux. C'était bien la première fois que je la voyais se promener sur la plage. Même l'été elle n'était jamais là. Yohann disait qu'elle n'aimait pas l'eau froide. «Elle est pas froide», lui répondais-je. On aurait cru entendre mon père. «Ben si, répondait Yohann. 19 degrés au 15 août, c'est froid.» On aurait cru entendre le sien.

Je suis sorti de l'eau. Mes chaussettes étaient gelées et dégoulinaient, les semelles de mes chaussures s'étaient transformées en éponge. Sur le sable, Léa m'attendait les bras croisés. Un peu en retrait, un groupe de cinq ou six filles criaient son nom en gesticulant. Elle leur a fait signe de continuer sans elle. Elle les rejoindrait dans deux minutes. Elle avait une petite affaire à régler.

– Alors le nain? elle a fait. Tu croyais m'échapper longtemps comme ça?

Qu'est-ce que je pouvais répondre? J'ai bredouillé que je ne cherchais pas à lui échapper. Enfin, pas spécialement. C'était juste le hasard. On ne s'était pas recroisés.

— Je suis désolé pour l'autre fois, ai-je ajouté en prenant le même air piteux que le jour où mes parents reçoivent mon bulletin scolaire.

Elle me regardait bizarrement. Comme si elle ne savait pas vraiment quoi penser de moi. En plissant légèrement les yeux et le front. Un peu comme quand maman découvre mes notes. Surtout celles en histoire-géo. Parce que c'est la matière qu'elle enseigne.

— L'autre fois… elle a fini par lâcher. Tu veux dire quand je t'ai retrouvé dans ma chambre en pyjama?

J'ai hoché la tête, un peu honteux, comme un gamin pris en faute, et j'ai fixé le sable. Je n'arrivais pas à soutenir son regard. Dans une flaque deux crabes tout noirs filaient vers les rochers pour se planquer. J'aurais tellement aimé faire comme eux.

— Tu veux dire: quand le temps s'est arrêté?

Et là elle a éclaté d'un grand rire. Un grand rire moqueur et blessant.

Ça m'a vrillé le ventre, ce rire.

Je ne voyais vraiment pas ce qu'il y avait de

drôle. Si elle avait ne serait-ce qu'une petite idée de ce qui m'arrivait, elle se sentirait complètement idiote, là tout de suite, cette grande gigue, me suis-je dit. À ce moment précis je la haïssais. Même moi j'ai du mal à le croire, mais c'est ce que j'ai ressenti. Alors tant pis pour mes crabes, tant pis pour le dîner de mes parents : je lui ai tourné le dos, j'ai abandonné mon rocher et je me suis dirigé vers la promenade. Elle m'a suivi en riant de plus belle alors je me suis mis à courir. La course à pied ce n'est pas mon fort mais quand même, je ne pensais pas qu'elle me rattraperait aussi facilement.

– Attends. Mais attends… C'est bon. Je ne voulais pas te vexer. Mais tu avoueras que t'aurais quand même pu trouver autre chose… «J'ai le pouvoir d'arrêter le temps.» Tu parles d'une excuse…

J'ai tenté d'accélérer mais je n'avais plus assez de souffle. J'étais tellement en colère que ma vue se troublait. Je me suis rendu compte que je pleurais au moment même où elle m'a attrapé le bras.

Et c'est là que ça s'est produit.

Le silence total, les vagues arrêtées, les gens figés sur la promenade. Toujours la même chose.

Sauf que cette fois je n'étais pas le seul à bouger.

Léa aussi respirait à mes côtés. Enfin respirer, c'est un grand mot. Elle est restée un moment sans rien dire, éberluée, choquée, le souffle coupé. À regarder autour d'elle le monde immobile, les gens comme des statues, la mer comme congelée, les ballons suspendus dans les airs au milieu des oiseaux. Toutes les trois secondes elle me jetait un œil effaré.

– Mais, répétait-elle. Mais comment c'est possible ?

Je n'en savais rien et je le lui ai dit. Ça m'était tombé dessus comme ça sans prévenir et depuis ça se reproduisait de temps en temps.

– Mais moi ? Comment ça se fait que je peux le faire aussi.

– Je crois que c'est parce que tu me tenais le bras quand ça a commencé.

– Alors… Alors c'était vrai. Mais comment ça se passe ? Combien de temps ça dure ? Qu'est-ce que tu fais quand ça t'arrive ?

Je lui ai tout raconté. Ce que je savais, ce que j'ignorais. Surtout ce que j'ignorais. Comment ça se produisait vraiment. S'il y avait des conditions spéciales. Combien de temps ça durait à chaque fois. Ce que je pouvais bien faire d'un tel pouvoir. À quoi ça pouvait bien servir.

– À quoi ça peut bien servir ? elle a répondu. Tu plaisantes ? Pense à tous ceux qui rêveraient d'avoir tout ce temps en plus, avec rien à faire en particulier. Tous ceux qui courent sans arrêt, qui n'ont jamais le temps pour rien à cause du travail, de leurs enfants, de tous les soucis qu'ils doivent régler. Et puis les vieux. Qui savent que leurs heures sont comptées et qui voudraient du rab. Ceux qui sont malades et qui sont condamnés. Tu ne te rends pas compte de la chance que tu as. Y en a qui paieraient des milliards pour arrêter le temps et souffler un peu, profiter du paysage, bien au calme. Y en a qui paieraient des milliards pour un peu de temps gratuit.

Je comprenais ce qu'elle voulait dire, mais la vérité, c'est que quand le temps s'arrêtait comme ça on se retrouvait tout seul, qu'il ne se passait rien de spécial, et qu'on finissait par s'ennuyer ferme.

Elle a soupiré en secouant la tête.

– Quel gâchis, a-t-elle ajouté avant de se diriger vers la mer.

Je l'ai suivie jusqu'aux premiers rochers. Dans les flaques, les crevettes et les poissons minuscules gisaient entre deux eaux. Il suffisait de plonger la main pour en ramasser des poignées entières. J'ai fouillé dans les creux d'un gros rocher et j'en ai retiré trois étrilles noires comme du pétrole, puis un poisson couleur sable. J'ai aussi trouvé une étoile de mer.

Léa regardait tout ça avec des yeux émerveillés. Elle m'a demandé de lui nommer chaque coquillage, chaque mollusque, chaque algue, chaque anémone. Et je l'ai fait. Puis on a regardé le ciel et je lui ai nommé chaque oiseau. Goéland, mouette, sterne, cormoran, oie bernache, aigrette.

– Comment tu connais tout ça ? elle m'a demandé.

– Ben… Ça m'intéresse, c'est tout. Je trouve ça idiot de vivre au bord de la mer et de ne rien en connaître. La plupart des gens ici ne savent même pas comment fonctionnent les marées, les vents, comment se forme la houle…

– T'es marrant, en fait…

– Comment ça?

– Ben je sais pas. Pourquoi tu traînes avec mon idiot de frère?

J'ai haussé les épaules. Et nous nous sommes assis sur un rocher. Nous étions assis tout près l'un de l'autre. Nos bras se touchaient à peine. Une bonne partie du temps qu'il nous restait avant que tout reprenne, nous l'avons passé ainsi. À parler en regardant la mer. De musique, parce que j'avais écouté certains des groupes qu'elle aimait pendant la semaine, et que j'avais trouvé ça vachement bien, beau et triste à la fois. De sa future carrière de guitariste. Du jour où je pourrais l'écouter jouer, il y aurait un concert dans la vieille ville bientôt, je pourrais venir si je voulais…

– Sinon je pourrais venir t'écouter chez toi, ai-je tenté.

Elle a froncé les sourcils. Il ne fallait pas exagérer quand même… C'est pas parce que j'arrêtais le temps qu'elle allait devenir ma meilleure amie comme ça du jour au lendemain. Elle avait assez de son frère qui la collait tout le temps. Elle n'avait pas besoin d'un deuxième moustique… Toutes ces choses, elle me les a dites sans sa méchanceté habituelle, avec un petit sourire amusé, d'une voix joueuse. Et moi je lui souriais. Je prenais tout ce qu'il y avait à prendre. Être seul avec elle. Qu'elle me parle. Qu'elle me laisse lui parler. Face à la mer silencieuse et au ciel sans mouvement. Comme au beau milieu d'un décor, d'une photo parfaitement nette, dont chaque détail serait parfait.

On a fini par quitter notre rocher et par regagner la promenade. Elle trouvait tout «incroyable», «fantastique», «génial», elle souriait et je peux vous dire qu'elle était sacrément belle quand elle souriait comme ça. C'était comme si une lumière très douce éclairait son visage.

On est entrés dans le premier café. Les baies vitrées donnaient sur la mer. Léa est passée derrière le comptoir. Elle a sorti plusieurs bouteilles de jus de fruits et deux verres. On s'est fait des cocktails en regardant les gens siroter leurs bières sans que jamais le niveau du liquide dans le verre ne descende. La plupart avaient la bouche ouverte en une grimace étrange parce qu'ils étaient en train de rire ou de parler quand tout s'était arrêté. Je n'avais même pas peur que tout reprenne d'un coup et qu'on se fasse surprendre. Je n'y pensais pas à vrai dire. Je suivais Léa et elle s'amusait comme une folle.

On est entrés dans l'hôtel d'à côté et on a visité les chambres. La plupart étaient vides. Dans l'une d'elles, un type tendait sa télécommande vers le téléviseur. Sur l'écran on voyait la mer. De sa fenêtre aussi. Mais ce type préférait la regarder à la télé plutôt qu'en vrai. Décidément les gens étaient complètement dingues.

Dans la chambre d'à côté, une femme assise au bureau collé contre la fenêtre écrivait une lettre à sa fille. C'était une lettre très sérieuse, très polie. On aurait dit qu'elle s'adressait à une vague connaissance. Et qu'elle cherchait à lui dire quelque chose d'important mais qu'elle n'osait pas. Léa a pris la feuille et s'est mise à écrire. Elle riait d'avance. À la tête que ferait la dame en lisant ces quelques mots qu'elle n'avait pas écrits : «Je voulais aussi te dire que je t'aime plus que tout. Je ne te l'ai pas dit assez, je crois. J'espère que tu le sais tout de même.»

On ne serait pas là pour voir ça.

On est sortis de l'hôtel et on a marché vers la vieille ville. Sur un banc, deux adolescents assis côte à côte regardaient la mer, reliés par les écouteurs d'un iPod.

– Je les connais, a dit Léa. Ils sont amoureux mais ils n'osent pas se le dire. Aucun n'ose faire le premier pas. Je crois qu'on peut faire quelque chose pour eux.

Je l'ai regardée saisir la main du garçon et la poser sur celle de la fille. Je crois qu'elle se prenait pour un genre de fée et que ça lui plaisait.

À moi aussi ça me plaisait, je dois dire.

J'ai voulu prendre sa main à mon tour mais elle l'a retirée. Très doucement. Et puis elle m'a dit qu'il ne fallait pas que je lui en veuille mais que j'étais encore trop petit.

— Et quand je serai plus grand ? j'ai dit.

Elle a répondu qu'on verrait, quand je serais plus grand peut-être, mais alors beaucoup plus grand parce que pour le moment j'étais quand même un nain. J'ai répliqué qu'au train où allaient les choses, avec mes histoires de temps arrêté, ça risquait de prendre très très longtemps.

— Faut être patient dans la vie, elle a répondu.

Rien que ça, ça m'a collé des milliers de papillons dans les poumons.

On a continué notre chemin et je n'arrivais pas à m'empêcher de sourire comme un débile, pour rien, juste parce que j'étais content d'être avec elle et de ce qu'elle avait dit…

En passant devant la plus grande villa, Léa m'a dit qu'elle avait toujours rêvé de voir comment c'était à l'intérieur. Alors c'est ce qu'on a fait. On est entrés et tout était très moche et sûrement très cher là-dedans. Du marbre partout. Des lustres immenses. Des grands chandeliers. Des miroirs de trois mètres de hauteur. Des lits à baldaquins aux matelas épais et mous, recouverts d'édredons bordeaux, vert bouteille ou bleu roi. On se serait crus dans un vieux film. Comment pouvait-on vivre dans un endroit pareil?

Le plus bizarre, c'étaient les fenêtres. Elles donnaient toutes sur la mer mais tout était fait pour qu'on ne la voie pas : des voilages opaques, des rideaux de velours sombre cachaient la vue. Dans la cuisine, un homme et une femme buvaient leur café dans des tasses en porcelaine. Ils avaient l'air triste et on avait du mal à croire qu'ils ne faisaient pas partie du décor et allaient se ranimer un jour.

On est ressortis et on a continué notre chemin. Sur un banc, deux SDF se réchauffaient comme ils pouvaient sous leurs couvertures. On a couru jusqu'à la supérette et on leur a rempli trois sacs de nourriture. On les a posés près de leurs affaires. Et on est repartis. En passant devant le magasin de jouets, je n'ai pas pu m'empêcher de jeter un œil à la planche qui me plaisait tant. Léa l'a remarqué.

– T'as jamais pensé à voler quelque chose ? Personne ne pourrait savoir que c'est toi. Si tu voulais, tu pourrais te servir partout. Prendre ce que tu veux. Des disques, de la nourriture, un surf, des bijoux.

– Ça va pas, j'ai répondu… je suis pas un voleur, moi.

Elle m'a regardé un long moment. Comme si elle essayait d'entrer à l'intérieur de mes pensées.

– T'es un garçon bien, elle a fini par lâcher. Je crois que des garçons de ton âge, ou de n'importe quel âge, qui réagiraient comme ça dans les mêmes circonstances, on en trouverait pas plus d'une poignée sur la terre entière.

– Tu parles. C'est juste normal.

On est passés devant le magasin de bijoux fantaisie et Léa a voulu entrer.

– Pour une fois je vais pouvoir essayer. La vendeuse me regarde toujours d'un sale œil quand j'entre ici.

C'est vrai qu'elle n'avait pas l'air commode, avec ses cheveux tirés en arrière, ses lunettes, sa bouche pincée et son regard sévère.

Léa a essayé des tas de bagues et de bracelets qui lui allaient à ravir. Je lui ai demandé lequel lui ferait plaisir. Elle a froncé les sourcils. J'ai insisté. Elle avait l'air déçue mais elle m'en a quand même montré un. Et puis on est ressortis comme ça, sans rien. Et on est repartis vers la mer.

— J'ai oublié mes crabes, j'ai dit…

On est retournés au rocher. Les étrilles étaient toujours là mais je me suis dit qu'on devait pouvoir faire mieux. Je n'ai pas eu à fouiller longtemps. J'ai juste prié pour que le temps ne se remette pas à couler pendant que je tenais les bêtes dans mes mains. Je n'en avais jamais attrapé d'aussi grosses. J'ai pris deux homards pour papa et pour maman. Et un crabe pour moi parce que je préfère, même si papa dit que c'est du snobisme à l'envers de préférer le crabe au homard. J'ai tout mis dans mon sac.

— Je ne comprends pas, a fait Léa.

— Tu ne comprends pas quoi ?

— Pourquoi tu m'as demandé quel bijou je préférais ?

— Ben, pour te l'offrir un jour. Quand j'aurai assez d'argent.

Elle m'a souri d'un sourire que je n'oublierai jamais, puis elle a approché sa main de mon visage et m'a caressé la joue.

C'est à ce moment précis que tout a repris.

Les bestioles gigotaient tellement que j'ai eu du mal à les retenir. Les homards filaient de grands coups de queue. Le crabe pinçait le plastique de toutes ses forces.

Les amis de Léa sont venus à notre rencontre.

– Ben alors, qu'est-ce que tu fous?

– J'arrive, je vous ai dit… Bon, ben… salut.

– Salut, j'ai répondu.

Et puis à voix très basse, une fois que les autres s'étaient éloignées, elle a ajouté que c'était vraiment bien ce moment, que c'était juste… incroyable, qu'elle n'oublierait jamais ça et que je pouvais compter sur elle pour garder le secret…

Et puis elle est partie en courant.

– C'était qui? j'ai entendu dire une de ses copines…

– Oh personne, un copain de mon crétin de frère…

Je suis resté encore un moment sur la plage. Le temps que le sang se calme dans mes veines.

Et puis je suis rentré chez moi. Le soir tombait. J'ai vidé ma besace dans l'évier. Papa n'en revenait pas. Deux homards. Énormes. Au prix que ça coûtait à cette saison. Il a sorti deux cocottes et les a remplies d'eau bouillante. Puis il a mis du vin blanc au frais. Il se frottait les mains en répétant : on va se faire un petit festin…

On a dressé la table dans le salon. Papa a allumé plein de petites bougies. Quand maman est entrée et qu'elle a vu ça, elle a semblé émerveillée.

On a passé une soirée joyeuse. Papa avait mis de la musique et maman chantonnait tout le temps. On s'est régalés avec nos bestioles. Même si j'ai dû inventer un peu quand il a fallu raconter comment je les avais attrapées. Après le repas je me suis installé près du feu sur le canapé et j'ai fermé les yeux. Il faisait chaud et j'entendais la musique se confondre avec les rires de maman.

Les autres fois

Ça fait six mois maintenant. Six mois depuis la première fois. Et ça continue. Ça se produit régulièrement. Disons deux fois par mois en moyenne.

Ça ne prévient pas. Je n'ai toujours pas repéré le moindre signe annonçant le phénomène. Je n'ai toujours pas trouvé de moyen de le maîtriser d'une manière ou d'une autre. Je sais juste que ça dure environ une heure. Je le sais parce que j'ai compté. Trois fois de suite. C'est le seul moyen. J'ai essayé d'utiliser un chronomètre mais impossible de le mettre en marche. J'ai essayé le minuteur mécanique de cuisine de papa. Mais bizarrement lui non plus ne fonctionne pas. Pourtant, aucune prise de courant ne l'alimente. Il suffit théoriquement de le remonter. Mais non. Il ne veut rien savoir. Et les appareils à pile ne sont d'aucun secours eux non plus.

À la fin du cours de physique, l'autre jour,

je suis allé voir le prof. Je lui ai demandé comment les choses se passeraient selon lui si le temps s'arrêtait. Qu'est-ce qui fonctionnerait quand même? Il n'a pas semblé surpris par ma question. Il a juste réfléchi un moment et m'a dit: tout ce qui est mécanique. Les appareils à pile. Il a eu l'air content que je lui pose une question comme ça. Et il m'a donné une liste de tas de bouquins sur le temps, si la question m'intéressait… Pour la plupart, je les avais déjà consultés à la bibliothèque. Je suis reparti sans réponse valable mais satisfait quand même: que les profs ne puissent pas tout expliquer m'a bizarrement fait plaisir. Et puis quand j'ai reçu mon bulletin j'ai eu une belle surprise. En face de la rubrique Physique-Chimie il y avait écrit: «Résultats encourageants, Antoine s'intéresse et fait des efforts.» Ce qui était bien payé vu que j'avais tout juste la moyenne.

Du coup pendant dix jours papa m'a appelé son «petit chimiste». Et puis tout a fini par rentrer dans l'ordre et je suis redevenu son «petit pote».

Quand ça arrive, je ne fais pas grand-chose. Hier Léa m'a dit qu'elle n'en revenait pas que je n'aie jamais eu envie d'en profiter pour faire des mauvaises blagues à tous ceux qui m'énervent. Mettre une punaise sur la chaise de madame Coronova. Baisser le pantalon du prof de sport. Asperger monsieur Clamart de parfum. Enfermer à clé le principal dans son bureau. Teindre en bleu les cheveux du maire. Inverser les chaussures de Cédric. Planquer le téléphone de Maylis. Ajouter des fautes dans la dictée de Chloé... À vrai dire ça ne m'était même jamais venu à l'esprit. Je dois manquer d'imagination.

Non, quand ça arrive, le plus souvent, je me promène. J'entre dans des endroits où on ne peut pas aller d'habitude. Des maisons, des bureaux, la piscine, les écoles. Et je prends des photos. Des photos étranges. Je prends aussi des paysages, des scènes de rue. Des images que je n'aurais pas pu obtenir si tout n'était pas arrêté. Parce que personne ne sait que je suis là à photographier. Personne ne fait attention à moi.

Et aussi parce que tout sur mes photos est tout à fait net. Même les gens qui courent, même les oiseaux en vol. Au final, ça donne un effet très étrange, irréel.

Ces photos, je n'en fais rien de particulier. Je les montre à Léa. Elle les aime beaucoup. Elle dit que j'ai beaucoup de talent, et qu'elles mériteraient d'être exposées.

– C'est pas du talent. C'est de la triche. Je n'ai aucun mérite.

– Oh, tu sais, en art, le mérite, ça ne veut rien dire. Chaque artiste fait ce qu'il sait faire. C'est tout.

J'ignore si elle a raison ou tort quand elle dit ça. Je n'y connais pas grand-chose. Mais j'aime bien l'idée qu'elle pense vraiment que j'ai du talent. J'aime bien nous imaginer plus tard, elle musicienne et moi photographe, dans une petite maison en bois près de la plage, inondée de lumière, d'où on entendrait le bruit de la mer.

Quand je ne prends pas de photos, j'utilise ce temps comme je peux.

À deux ou trois reprises j'en ai profité pour faire mes devoirs ou réviser mes leçons.

Une fois, ça s'est produit en plein cours de français, pendant une rédaction sur table. J'ai rendu trois copies doubles pleines à craquer. Quand il a ramassé les feuilles, monsieur Villeroux m'a fait un petit laïus comme quoi ce n'était pas parce qu'on en faisait des tartines qu'on était assuré d'avoir une bonne note. La concision avait son importance. Et mieux valait une seule page très bien écrite et pensée que douze approximatives et bâclées. N'empêche que cette fois-là j'ai eu dix-sept. Et tous ceux qui ont eu du mal à remplir deux feuilles ont eu dix ou onze et le droit à la mention : « Un peu court. » J'avais déjà remarqué ça depuis le début de l'année : les profs disent toujours que ça ne sert à rien d'en faire des pages, et pourtant ce sont toujours ceux qui remplissent le plus de copies qui ont les meilleures notes.

Une fois aussi, j'en ai profité pour ranger ma chambre, et même un peu la maison. Je crois que je n'ai jamais autant fait plaisir aux parents que ce jour-là. À croire que le ménage est une valeur supérieure en face desquelles toutes les autres qualités s'effacent.

Une autre fois, je suis allé au zoo. J'ai caressé des lions, des girafes, des panthères, des crocodiles, des éléphants, des hippopotames. Je les ai pris en photo de très près. Des détails. Leurs crocs, leurs écailles, leur fourrure. J'ai porté un tigreau dans mes bras, touché un pingouin, reniflé un ours (la vache, comme ça sent fort), posé ma tête sur le dos d'un léopard… J'ai somnolé allongé contre un panda.

Une autre fois encore, j'ai enfilé ma combinaison, j'ai pris un masque et un tuba et je suis allé nager dans la mer comme un lac. Sous la surface j'ai croisé trois cormorans en pleine chasse, des bars en pagaille, des bancs de maquereaux, un vrai rêve de pêcheur.

Et puis il y a eu comme ça des tas d'autres fois :

Celle où j'ai visité toutes les salles du collège et suis tombé sur le prof de sport qui embrassait madame Coronova, tandis que dans son bureau le principal fumait une cigarette et fixait l'écran de son ordinateur branché sur un match de foot.

Celle où j'ai fait un tas de blagues à des tas de gens, comme enlever le ballon des mains d'un quatrième pendant un match de basket, échanger les copies de toute une classe de troisième pendant un contrôle, subtiliser ses notes au prof d'histoire qui passe ses cours à nous les lire et ne répond jamais à nos questions, ce genre de choses, amusantes au début mais un peu lassantes au bout d'un moment.

Celle où, le jour des élections, j'ai mis des tas de bulletins roses et verts dans l'urne pour faire plaisir à papa mais ça n'a pas suffi, les bleus ont gagné et le maire a été réélu, même s'il ne s'occupe que des riches et des vieux, comme dit maman.

Et tant d'autres encore.

Mais pas une fois je ne suis retourné chez Léa. Parce qu'elle m'a demandé de ne plus le faire : être espionnée à son insu la met mal à l'aise. Parce que je n'ai plus besoin de le faire, aussi.

Maintenant qu'elle me parle autrement que pour me dire : « Dégage, sale nain. » Maintenant qu'elle me regarde avec un petit sourire aimable. Maintenant qu'il nous arrive, pas souvent mais de temps en temps, de passer une heure ou deux ensemble. Sur la plage. Ou dans sa chambre. Je lui raconte la mer. Elle m'apprend à écouter la musique. Je crois qu'elle m'aime bien. Moi aussi. Mais ça, je le savais déjà.

La chose ne s'est jamais reproduite pendant qu'on était ensemble. J'aurais bien aimé mais c'est comme ça, on ne peut pas choisir. Parfois, je me demande ce qui se passerait si ça arrivait alors que je touche quelqu'un d'autre. Quand mon père me décoiffe par exemple. Quand maman me serre dans ses bras. Quand un médecin m'examine. Je préfère ne pas y penser. On verra bien.

En attendant, j'essaie de profiter de tout ça. Même si ça ne m'arrange pas tellement, ce temps qui se rajoute au temps déjà trop lent. Même si au contraire j'aimerais qu'il accélère.

Au collège et en général aussi. Je suis tellement pressé de grandir. Pour que Léa ne me regarde plus comme un gamin. Bien sûr, quand j'aurai grandi elle aura grandi elle aussi. Jamais je ne la rattraperai. Je serai toujours plus jeune qu'elle. Mais j'ai l'impression qu'à un certain moment de la vie, trois ans de différence, ça ne compte plus tant que ça. Par exemple, ma mère a sept ans de moins que mon père. Et ça ne les empêche pas d'être amoureux. Même si pour rigoler elle le traite de pépé et lui demande comment c'était le Moyen Âge, et s'il a été heureux le jour où sa tribu a découvert le feu…

À part Léa, personne n'est au courant. Personne ne connaît mon secret. Et je n'ai plus aucun mal à garder ça pour moi.

Parce que ce n'est pas un secret comme les autres.

C'est un secret entre elle et moi.

Du même auteur à *l'école des loisirs*

Collection NEUF

Ni vu ni connu

Collection MÉDIUM

On ira voir la mer
La messe anniversaire
Sous la pluie
Comme les doigts de la main
La cinquième saison (recueil de nouvelles collectif)